KB005965

비단잉어의 반달입술

비단잉어의 반달입술

뜨락에 시선 007

초판 1쇄 인쇄 | 2022년 08월 29일
초판 1쇄 발행 | 2022년 08월 31일

지 은 이 | 윤금아
펴 낸 이 | 박가을
펴 낸 곳 | 도서출판 뜨락에
표지그림 | 김예순
편   집 | 세종 P&P
등록번호 | 제2015-000075호
등록일자 | 2015년 9월 3일
주   소 | 경기도 수원시 권선구 세권로 138번길 61 2층
전   화 | 031-223-1880
전자우편 | yoonka35@naver.com

ISBN 979-11-88839-15-5 03800

값 12,000원

* 본문 페이지에서 한 연이 첫 번째 행에서 시작될 때에는 〈 표기를 합니다.

* 저자의 의도에 따라 작품의 보조 동사와 합성 명사는 띄어쓰기가 달라질
  수 있습니다.

비단잉어의 반달입술

윤금아 시집

그 달콤한 맛
그것은 詩詩한 그리움의 맛이다.

가파른 계단을 오르내리는 숨
아직 끝나지 않았다.
경계 풀리는 날을 기다리며
코로나19 팬데믹 마스크가 살짝 뒤돌아본다.
말이 없던 소녀
별빛을 품은 비단잉어 코이가 보였다.

초롱초롱한 반달눈빛의 소녀
풀잎의 바람 자연의 맛을 흉내내는 소녀
소녀는 반달입술을 쏙 빼닮았다.

나는 지금
달빛에 반짝이는 조각별을 줍던
그 소녀를 만나러 가는 중이다.

저자 윤금아

■ 차 례

1부 서로 기대어 산다

2부 그런 사람이 되고 싶다

3부 그때 나와 화해하는 법

4부 비단잉어의 반달입술

5부 통째로 편집하는 날

1부

서로 기대어 산다

이정표

벌써 몇 해째 유턴을 하고 있는지 모른다
30킬로미터 느리게 붙잡고 있던 외로운 독서실
내가 할 수 있는 일이란 무릎 꿇고 촛불 켜는 일뿐
그러다가 촛불의 존재를 까맣게 잊어버리고 외출하던 날
거실 촛농은 벽을 타고 바닥까지 녹아내렸다

탄생 '넘실거리던 물바다 태몽' 탓이었을까?
세간살이에 불이 붙자 연기를 감지한 스프링클러는
폭포수가 되어 그 불을 덮었다
다짜고짜 아래층에 물이 샌다는 다급한 전화
이미 거실엔 찰랑이는 물 무릎을 적시고 있었다

꿈 찾아 몇 번째 이정표를 바꾸어야만 했던 간절함
장엄하게 제 몸 태우는 어미의 기도가 하늘과 통했을까
그 일이 있고 나서 꿈으로 가는 이정표기 고정되었다
남다른 감성으로 별이 되는 마법의 말 풀어내어
금광석까지 구워내는 타고난 감각은 훨훨 날았다
생생한 세상 있을 법한 있어야 할 구멍 속에서
우리는
카메라를 돌리는 그 꿈이 번쩍이는 걸 보았다

한글 가온길
- 슬옹 선생

가끔은
속된 말씨 하나가
가슴에 와 못으로 박힌다

헐거운 언어들 허공을 뒹굴고
말꼴만은 꼭 붙잡아야 한다며
곧은 애국으로 지켜낸 학자들

잊지말자!
다듬고 빚어 지어낸 우리의 글
우리말본 집 지키는 선조들의 혼

뒤 이어 세상과 소통하는 말말말
세종의 한글 가온길* 만들어 낸
슬기롭고 옹골찬 참 옹달샘지기
슬옹* 선생은 이 시대 우리말.글 지킴이로다

글자 없는 말에 숨 넣어 빚고
세종*의 뜻 이은 꼿꼿한 후손들

외솔*의 그 뜨거운 외침 한글이 목숨이어라!

새김돌에 한글의 역사 한겨레의 숨결
보라! 으뜸 한글 빛내는 사람들 그 중
웃는 한글 지켜내는 슬옹 선생이 있다

* 슬옹 - '동아리'라는 말을 널리 퍼뜨린 국어학자 김슬옹
* 세종 - 우리글을 만드신 세종대왕
* 외솔 - 한글학자 최현배의 호
* 한글 가온길 - 한글의 역사와 한글의 우수성을 알리기 위한
　　　　　　세종대로와 한글학회 주변 길

흔들리는 거울

마침, 그곳을 지나치고 있었다. 조용한 골목길 연둣빛 잎사귀가 듬성듬성 자라고 있다. 잎사귀 사이로 푸른 하늘을 보며 물 한 모금의 허기 주머니가 홀쭉하다. 바람이 분다.

주머니에 바람이 가득하다. 유행 지난 헐렁하고 구깃한 잠바는 세월의 땟국물처럼 욱신거린다. 시장골목 어귀에서 배가 불룩 튀어나온 그와 마주쳤다. 사방이 뻥 뚫린 포장마차 막걸리 한 잔에 단무지 두 쪽 허름했던 지난 시간이 서걱거린다. 바람에 거울이 흔들리고 있다.

벌겋게 달아오른 얼굴 한참을 망설이다 잽싸게 말을 건넸다. 자네, 피곤한가보다. 딱지로 붙은 입술의 물집은 살얼음 살갗 에이듯 아리다 아까 남은 단무지 한 쪽을 가슴에 붙였다.

거울 속에 꽃잎이 흩날리며 봄을 맞는다.

솔방울이 웃는다

산책길에 가져 온 솔방울이 수북이 쌓였다
금방이라도 솔씨가 날개 펼쳐 웃겠다

낡은 시집과 비뚤비뚤 아이들의 손편지들
오밀조밀 기념으로 모았던 크고 작은 인형들
색색의 주머니와 메모하는 펜촉 그리고 표창들
허허, 그러고 보니
온통 솔방울 속에 얼기설기 숨어 있는 나의 분신들
이만하면 내 품의 팔할의 값은
생명을 품고 있는 솔방울이겠다

서로 기대어 산다

행복과 눈물은 서로 기대어 있습니다
얼마나 더
눈물을 흘려야 할까요
얼마나 더 눈물을 삼켜야 할까요

아들의 속 깊은 소포가 도착했습니다
바람 불어야 청아한 풍경소리 울리듯
따뜻한 아들의 마음이 배달되었습니다

'밥이 보약이여' 라던 할머니의 말엔
필수영양소가 불균형하다며
필요한 가지가지 영양제를 담았습니다

덤벙거리며 헷갈리고 소홀할지 몰라
아침, 점심, 저녁으로 구분된 스티커
또래보다 철들어 늦게 군대 가더니
어미는 이런 호강을 다 하나봅니다

어버이날 쑥뿌리 쑥 뽑아 인삼이라며

"엄마, 건강해요."라던 다섯 살 꼬맹이의 선물
햇살 아래 초랑한 눈망울이 아직도 그대로입니다

언제 어른이 되었는지 나라걱정, 부모걱정이니
아들과 나는 어느새 나무가 되고 그늘이 되고
웃음이 되어
그렇게 서로 기대어 살아가나 봅니다

별난 채널

괜찮아
낯선 마주침과 낯가림의 어설픈 대답
소소한 이야기 풀어내는 명사 초대석

서로 다른 생각
서로 다른 얼굴
서로 다른 온도를 맞잡고
가슴마다 제 나름의 세상을 풀어낸다

네모난 상자
나는 직선으로 꽃을 심고
너는 곡선으로 향기를 뽐낸다

가장 낮은 곳에서 더 낮게
가장 작은 나를 찾아가는 온전한 시간
세상을 아름답고 따뜻하게 꽃피우려는
사람이 사람을 사랑하는 따뜻한 채널

오리고 붙이고 꾸미고 업로드까지

둥글게 깎아 돌리는 세상에 별난 채널
또 다른 너와 또 다른 나와 마주 앉아
소소한 꿈 아름답게 빚어 내고 있다

애달픈 어미소

등뼈가 불거진 어미소 등위로
가을비가 내린다
음으머 으음머어
목줄에 매달린 울부짖음이 흘러내린다
설움에 박힌 여물통만 휘적휘적 헤집고
어이하리, 애달픈 지푸라기만 핥아가며
송아질 애처롭게 부른다

세월에 문드러진 살점은
홀쭉해진 가슴뼈로 되새김질 하고
공기 빠져 늘어진 어깨는 절망이다
새까맣게 먹물이 된 어미의 애달픔이여
심장의 비통은 어두운 눈물이 덮는다
왕방울 두 눈엔 그렁그렁 슬픈 고통이 서려
온종일 송아질 찾고 있다

너에게로 가는 신호등

초록잎 앞에서 잠깐
신호음이 울린다
초조히 서 있다

불빛이 깜빡깜빡
갈까 말까 멈칫, 멈칫거린다
다음 신호까지 대기 중

출발선에서 발끝 꾹꾹 누르고
망설이며 두근거림에 곁눈질하던
초록잎이 흔들거린다
너에게로 가는 시간이다
아프지마!
떠나지미!
가고있어.

나는 술래다

기억이 사라진다
씻지도 지우지도 않았다
머뭇머뭇 머물다 사라진다
내가 누구인지?
달콤한 비웃음으로
하루에도 몇 번씩
숨바꼭질하며 중얼거리며 숨는다
언제부턴지 잘 모르겠다
비우자며 말만 앞세우고 받아들이기 보단
갔던 길 자꾸만 빙빙 돌아 맨 그 자리다

현관 비밀번호가 습관에서 가물거리고
바닥을 밟고 있어도
허공에 떠 있는 숫자들
지상엔 흔들리는 꽃 천지다

허, 그럴만한 나이쯤 되면 우리는 가해자가 된다
어디메쯤 와 있는지 텁텁한 마음 내려놓으라더니
자꾸만 술래가 되어 꼭 숨어버렸을지도 모른다

제 자리 지키기

이쯤이면 이대로 흔들리지 말고 가볍게 갈 일이다

어쩌면

어제와 오늘이
오늘과 내일이
어쩌면
우리가
그토록
찾아 헤매던
생애 찬란한
그 꽃인
것일지도 모른다

호수의 물결대로

빗살치는 물보라 호숫가
물결 따라 물길을 걷다 보면
얼마의 시간은 보이지 않아도
햇살 튕겨 나온 빗살무늬 그리며
츠르르 한가롭게 노닐던 물오리떼가 보인다

반짝이는 햇살무늬도 일으키고
종종 발가락 헤엄쳐 멱도 감고
엄마오리가 아가오리 길들이기에 온전한 시간이 흐른다

아른아른 눈부신 소용돌이 은빛살에도
끄떡없이 둥근결 둥글게 그림을 그려
꽃과 나무도 둥글게 그리고
뾰족 숲길이라도 세상 길들이기의 평화로운 시간이다

무념무상
물결대로 물결 따라 길들이며
흔들리는 물결처럼 둥글게 흘러가는
세상의 결 배우며 걷는다

탈선

봄날은 안전하겠지요
자전거 두 바퀴가 평화롭게 구른다

그때였습니다
검은색 자동차 바퀴 하나가 돌진합니다
둘, 다섯 칸의 지붕 높이만큼 계단을 구르더니
순간 유리문 가루가 별처럼 워르륵 쏟아집니다
화려한 불빛 광고판의 기둥뿌리가 휘어지고
모래바람처럼 자동차의 굉음소리 쾅, 쾅쾅

아찔한 순간 주정뱅이 녹음기는 횡설수설
운전석 사내 얼굴엔 검붉은 피가 흐릅니다
'도대체 세상이 왜 이래!' 얼빠진 검은 바퀴가 투덜댑니다

뚫리지 말아야 했습니다. 단단하게 굳어버린 콘크리트 벽
운전대가 사각으로 뒤틀려
손가락 사이로 스르륵 빠져버린 지각변동
벽과 유리문은 볼품없이 구겨져 무너져버렸습니다
〈

영원할 줄 알았던 찰나 요란하게 뒤흔들어 버린 세상사

입은 가리고 눈으로 살피며 안전거리를 지키라고 합니다

다시 봄, 언제쯤 복구될까요.

색소폰 연주

야단법석 불어대는 나발 소리
시끌법석 불어대는 나팔 소리
나긋나긋 부드러운 색소폰 연주
하나의 악기가 각각의 말로 노래 부른다

믿어요 솔직하게 털어놓고도
아니요 금세 후회하는 비밀은
헛소리가 되어버린 가슴앓이가 되어
어처구니 없다 가슴치며 되돌려보나 아무 소용이 없습니다

내 진심을 고백했으니 후련하다고
달달한 색소폰 연주에 마음이 녹고
소소한 말도 감동으로 전해주는 흥겨운 연주
따사롭게 차오르는 모두의 울음입니다

지금은 사람마다 혼돈의 때
층층 계단을 오르락내리락
수면 깊게 흐르는 물속이라 어긋나기도 합니다
괜찮아요. 산다는 건 조금씩 어긋나게 연주하는
변형의 맛이랍니다

첫 번째 회상

안마당 모퉁이 돌아서
태풍이 지나면 감꽃이 수북이
꼬맹이 소원은 손가락 마디마다 핀
반짝이 진주인냥 명주실에 꿴 꽃목걸이다

바람이 치고 돌아가면
태풍은 참으로 예쁜 이름을 단다
그 자리에 우수수 별처럼 쏟아진 감꽃
'아까버라, 올해도 흉년이것다'
어른들의 한숨도 꼬맹이는 마냥 좋습니다
한 톨씩 따 먹으면 헐렁해진 목걸이
반짝반짝 향기로운 꿈의 기억입니다

늙은 감나무 한 그루
아직도
감꽃목걸이는 꼬맹이가 달고 있는 향기입니다

흔들리는 예술가

어이, 자네!
흔들리는 예술가가 되어야지
이왕
탑승했으니 폭풍우 멀미쯤 참아내야지

무탈한 예술을 하려면 말일세
고통의 가시밭길
고독의 바닷길도 밟아야 하고
저잣거리 예술을 놓고 휘청거리며 흥정도 하고
허허,
걱정일랑 말게나
자네쯤이라면 세찬바람쯤 내가 막아줄테니

귓등으로 흘려 피식 웃었다
허이, 아깝잖아! 자네 예가 활활 넘실거리고 있잖는가
염려 말고 내 줄기 꽉 붙잡고
내 그림자 밟으며 올라오시게나
그려 세상사 다 그런거라네
〈

흔들려가는 세상
흔들려가는 예술
흔들리며 가세나

속셈 연습

지레짐작 속이자니 속아주는
엉터리 속셈을 하고 살았다
나만의 잣대로 눈금을 긋고
별스럽다며 때론 억지스럽게 반품도 했다

사람의 말은 동네방네 풍선처럼 부풀어
긴가민가 굴뚝의 연기가 타올라 매캐하다
헐렁한 심장에 못 박고
서로의 간間은 요란법석
뒤틀린 선善뒤에 갇혀서
때론 불확실한 심중을 갖다댔다

고장난 눈금
필요와 불필요
빗나간 속셈은 무심하게
헛다리 잣대도 무심하게

언제나
꽃은 아름답다

2부

그런 사람이 되고 싶다

그대 마음은 어디쯤

그대가 보내준 하루를 맞이합니다
빗소리도 모으면 빛이라고 점 찍고
내 안의 그대를 숨기려 거부합니다
그대가 그립던 그 그리움의 자리
그대 마음 어디쯤 오고 있는지 몰라
꽁꽁 걸어둔 내 마음의 안전장치도
비밀번호로 풀어야 하나 걱정입니다

살짝 비껴갈까봐
먹물 같은 슬픔도 눈물이 된 웃음도
우두커니 턱 고이고 기다리고 있습니다

그대는 어디쯤 오고 있을까
그립다 그리움 다 못 전했는데
너덜거리는 내 마음이 마냥 걱정입니다

잉어가 사는 버스

배가 불룩한 버스엔
파닥거리는 잉어가 산다
앞구르기와 뒤집기가 끝나면
얌전히 누워있어야 하는 잉어의 집

닮은꼴만 찍어내는 아저씨가
사각 봉지 꺼내면
'앗, 뜨거!' 달콤한 한 입
호호거리며 잉어 꼬리가 싹뚝 잘린다

잉어 두 마리
동전 두 닢과 나누고
달콤한 미소로 하루의 노고를 삼킨다

책방 앞엔 잉어가 익어가는 버스가 있다
머리가 술렁술렁한 아저씨에게
한 마리씩 갈고리에 낚인 잉어
잽싸게 빙그르르 재주 돌고 돌아선
세상에 이런 잉어의 맛이란

보름달이 뜬다

오름 버튼이 작동하는 순간
하루가 또 멀어져 간다

어둠과 밝음
그 사이
어김없이 보름달이 뜬다

오작교의 빛
우리는 둥근달 하나씩 품으며
또 다른 아침을 맞이한다

약선당

음식을 그려내는 사람
물감으로 양념하는 사람
꽃 아닌 꽃이 없더라
풀 아닌 풀이 없더라
일렁일렁 살아가다 보니
만나야 할 인연일랑 절로절로 오더라

그림은 밥 짓듯 피어나
밥은 그림 그리듯 솟구쳐
소백산의 신비 선비의 정신으로 깃든다

정갈한 손맛 건강한 밥 만드는 집
약선당 밥어미의 소박한 마음
사람과 사람이
자연과 자연이
사람과 자연을 대접하는 인연으로 맞이하더라

허리 낮춘다고 부끄럽다더냐
사람 살리는 약이 된 음식을 만드는 날마다

1989[*] 약선당[*] 밥어미의 마음은 복사꽃이어라
대한민국 신지식인 그 영주의 땅 으뜸이어라!

물구나무서기

하늘보며 뿌리째
거꾸로 자라는 나무

제각기 다른 뿌리가 되어
제 본성대로 살아가는 힘
세상의 빛으로 싱그럽다
뿌리는 허공에서도 살만하다

높고 낮음이 사라진 풍경
안으로 자라는 것이 뿌리만의 일은 아니다
뿌리와 가지가 평화롭게 끌어안아 받쳐주는
다 내어주어야 거꾸로 자랄 수 있다는 나무들

세상 밖을 뚫고 나오는 용기
굳게 닫힌 몸이 열리는 용기
거꾸로 거슬러 자라나는 용기
나무는 그렇게 피고지고 거꾸로 가고 있다

그런 사람이 되고 싶다

꽃을 보다 문득 생각나는 사람
바람만 불어도 그리움이 되는 사람
고요하고 나긋나긋한 말투가 일상인
그런 사람이 되고 싶다

좁다란 길목 애처로운 들꽃처럼 낮추고도
바쁜 발걸음 멈추게 하는 수양버들의 마음까지
초록들판 초록잎처럼 자라는 나무가 되는 사람
그런 사람이 되고 싶다

쌉싸름 달콤한 칡뿌리 맛이었다가
힘들어 엎어지는 세상 속에서도 견딜 줄 아는
톡 쏘는 제 맛에 따슙게 큰 품 내어 주는 사람
그런 사람이 되고 싶다

보일 듯 말 듯 가지 끝에 애처로운 열매 아니 말고
손톱달 같은 측은한 연민 아니 말고
지식의 두께가 얇아진 위태로움 아니 말고
봄볕처럼 은은하게 반달미소 짓게 하는
그런 사람이 바로 너였으면 좋겠다

아찔한 심장

너를 보면
터벅거리다 발에 걸린 돌부리처럼
아찔하게 아프다

날이 새도록 간절한 안식
소박한 아침에
향기로운 꽃이 된 말투로
울렁거리는 심장을 누르며
꾹꾹 눌러도 찔러대는 분노
송두리째 걷어내야만 한다

한세월 굳어버린 응어리가
가슴에 박혔어도
돌 틈 애처로운 꽃은 어김없이 피더라

흔적

우리가 살아가는 세상
오늘도 햇살이 비추고 소나기가 내린다
인생은 어디로든 쓸려가지 못한 마침표처럼
그럭저럭 서로가 서로에게 스며드는 것이다

살다보면
숨이 차오르는 언덕을 지키는
오 애처로운 한 그루 나무가 된다
조금 일찍 출세한 나무라도 하늘 아래에선
다 마찬가지더라

우리가 살아가는 세상
소나기 지나가고 장엄한 태양은 솟아
오색찬란한 무지개의 신령스런 환희도
아귀다툼의 끝 하늘의 음모가 두렵다
그 가지가지 무지개가 숨어 있는 비밀이 무섭다

짝퉁 시인

내가 사랑하는 사람은 짝퉁시인이다
고요하고 나긋나긋한 혼자만이 토해내는 속풀이
조각난 또 하나의 조각이 숨통 조여오는 막막한 술래로
꿈에라도 속속들이 긴가민가 뭐라도 생각해 내려고
벌떡 일어나 채널을 맞추고 노숙하는 사람이다

내가 사랑하는 사람은
이런저런 꽃잎을 모아 상하좌우 제 자리를 맞추고
구멍 난 한 잎이라도 곱게 다듬고 손질하며
책장 앞머리부터 꽃을 꽂아 꽃잔치하는 사람이다

온종일 시인으로 산다는 것은
꽃잎을 모으느라 부지런히 재촉하는 몸부림으로
열 개의 손가락도 모자란 너덜한 꽃잎을 두드리며
막막한 돌덩이 하나씩 올리며 한숨까지 덧칠하는 일을 한다

내가 사랑하는 사람은
손끝 흩어진 꽃잎을 모아 하나하나 세는
딱딱한 입과 숨이 되어 가슴에서 꽃이 필 때까지

마침표와 말줄임표를 오가며 쉼표를 찍어내는 사람이다

내가 사랑하는 사람은 짝퉁시인이다
얼마쯤 더 몸부림쳐야 일심동체로 깨어나
눈부시게 익어가는 향기로운 진품이 될까?

달항아리

들꽃은
달빛 향하여 핀다

달빛이 그리운 들꽃
온몸을 흔든다

직선으로 와 곡선에 닿으면
보름달이 뜬다

그래서 나는 들꽃이 핀
달항아리 하나 품고 산다

청춘도서관

청춘아 다시 일어나라
눈에 보이는게 다아는 아니란다
세상사 강물처럼 유유히 흘러도
청춘도서관에 오면 모두가 청춘이어라

낱말의 씨를 뿌리고 땀 흘리며 가꾸어내는 일
푸르른 꿈 찾아 책장 넘기며 가난한 허기를 채우고
노년일랑 기죽지 말고 청춘다운 붉은 피로 모이세

잠시, 쉬었다 가세 초롱초롱 빛나는 청춘은 지금이로세
주저 말고 굶주림 앞으로 굳건한 인생 다시 건설하시게
누가 뭐래도 발그레 청춘이라 아름답게 뛰어보시게나

늦었다 등지지 말고 두근거리는 삶의 여유
네모난 책장에서 지식의 향기 솎아 다듬고 채우세
청춘의 텃밭 일구는 청춘도서관에서
마음껏 청춘이라 누리세

아직도 사랑을 잘 몰라

흙으로 덮었습니다 실어증이라니요
답답하고 눈치가 없다니요
무엇보다 순수로 지키고 싶을 뿐입니다
굳어버린 살갗은 공포입니다
그런 감각으로 무슨 글을 쓰라는 건지요
이런저런 흔들림이 찾아오면
그날은 동그라미를 그립니다

꽃이 피려고 열매가 되려고 꽃무늬 치장으로 분칠을
합니다 땅속으로만 깊이 파고드는 뿌리가 있어 더 높이
올라가겠지요 땅속엔 얼마나 많은 뿌리가 엉키어 숨어
살아가는지 수초 위에 잠을 잔다는 잉어를 생각하면 당
신이 세운 각을 안다고 할까요? 수 세월 당신 곁에서 너
무 다른 당신과 너무 닮은 당신을 껴안고도 흔들리며
살아갈 뿐입니다 가만있어도 쌓이는 먼지처럼 다시 돌
아가도 여전히 동그라미를 생각하겠지요 아직은 흙에서
저 멀리 떨어져 있지만 뿌리와 잎은 하나입니다 빚을 갚
아야만 한다며 빛으로 된 시詩를 빚고 있는지도 모릅니
다 때론 복잡한 마음의 깊이와 넓이를 모르는 채

나는 백지에다 아름다운 꽃의 향기를 시로 그립니다
영혼의 길을 걷다가 길이 사라져 허둥거리더라도 시를 그립니다
허공을 떠도는 백지에

유통기간

눈부시게 찬란한들
가끔 발을 헛딛는 바람에
옹알이하듯 멈춤의 순간과 맞닥뜨립니다
숨차게 오르다가 스스로 버리려는 순간
험상궂은 눈빛이 출입증 검사를 합니다
경계선 앞
멈춤.

신호음 뒤 가까스로 멈춤이 해제되고
빨려 들어간 블랙홀 제발 꿈이길
오답이 된 별을 습관처럼 가슴에 품고
되돌아보며 뜬구름 잡았다는 속임수에 소스라칩니다

그 정체가 슬금슬금 수면 위로 올라오면서
유통기간이 지나버린 뚜껑을 열어봤자 허사
버려질 숫자에 아직도 미련이 있나봅니다
출입증이 있어야 통과할 수 있다고 으름장입니다

저 멀리 들려오는 울림
이보시게, 욕심의 때는 죽게 한다네

어떤 오해

첫 웃음에 그만 마음 쏙 빼놓고
성급한 고백에 말려버린 그 순간
오늘도 사람 살아내기 참 어렵다

시금털털하게 묻어둘까 후회하다
내 것이 아닌 세상에 내 것인양
욕심값으로 그냥 꺾이기로 했다

괜시리 입술의 말 죄다 들어주고 받았으니
입 다물고 단념하려던 얄궂은 타협에도
내 모습대로 천연의 초록씨를 뿌리기로 했다

사람으로 살아간다는 것은
먼지 털어 낸 외투을 어두운 옷장 속에
한 계절쯤은 깊게 묵혀 둬야 할 일이다

소박한 인연

인연이란

하늘과 땅
구름과 달
나무와 바람
사람과 사람
사이
죄다 끈이 붙잡고 있다

가끔
하늘을 탓하고
부모를 탓하고
친구를 탓하고

완전할 줄 알았던 순간
감쪽같이 사라진 빈털터리
송곳에 찔린 손금이 아프다

인연이란

애쓰지마라

밧줄에 꽁꽁 묶여 붙잡힌

자연이 만들어낸 합심이다

욕사발 할머니

먹으면 죄다 배가 고프다
욕사발 약을 먹어야 한다
할머니가 파는 욕·사·발

죄다 필수영양소가 부족한 인생
고루고루 속속들이 자디잘게 부수어
원하는 날만큼 욕을 먹어야 한다

욕쟁이 할머니가 퍼주는 욕사발
그 욕을 먹어야만
가지가지 오만가지 욕을 견디며 산다

후루룩 얼큰하고 반듯한 상차림에는
이런저런 소스에 찍어 먹어야 진짜 맛
달짝지근 쌉싸름한 양념도 톡톡 뿌린다

둥근 항아리에서
투박하게 꺼내 온 욕사발이라
묵은 발효의 시간을 보내느라
욕할머니 밥상머리 앞에선 죄다 머리를 조아린다

3부

그때 나와 화해하는 법

여름날의 소묘

햇살 쨍쨍한 날에
소나기가 쏟아졌다

갑작스레 흙탕물이 불어
어디로 건너가야 할까

그대 마음은
소나기에 불어난 깊은 강물이다

처음 느꼈던 따뜻한 인사는
이제 소나기가 되어버린 짠 눈물이다

국화도의 전설

바다와 파도소리
조물조물 버물버물
간재미 무침으로 맛을 냈다

꽃이 된 바닷길 건너
매박섬* 도지섬*에는
짭조름하고 컬컬한
국화도 커피가 기다리고 있다

만晩화도가 사라지고
국화가 지천에 피었다니
멀리 보이는 가물가물 사람 냄새와
노랗게 출렁이는 국화밭 천지로다

뱃길 따라
누군가가 멋대로 깔아 놓은
빙어가 갈밭에 대자로 누워선
사람의 손길을 기다리고 있다
〈

그 옛날 표주박이 있었으니

귓전에 옴쌀거리는 조개껍데기 안주에

경기와 충남 원님의 취기로 바다에 띄운 표주박이

둥둥 물결 따라 화성에 와 멈추자니 왓따로다

화성에서 먼 외딴 섬 국화도*가 신비롭구나

원님의 취기에도 땅따먹기 화성의 꽃섬이로다

* 매박섬 : 국화도의 북쪽에 있는 섬, 예전에 토끼섬이라 불림.
* 도지섬 : 국화도와 연결된 섬으로 밀물 때 매박섬과 한덩어리로
            연결된 신비의 섬
* 국화도 : 화성시 우정읍 국화리의 아름다운 섬(매박섬, 도지섬)

꽃의 눈물

독백하듯 그랬다
어떻게 살아야 하냐고

눈물 나도록 살아
이유 없이 그냥 눈물 나도록
꽃을 보듯 살면 된다고 했다

봄비가 내린다
들판의 새싹처럼 비를 맞는다
그 누군가가 우산을 편다
나는 우산에 끼지도 못했다

가끔 내 이야기에
고개 끄덕이는 살가운 누군가를 만나면
마치 꽃물처럼 마음이 열리고 향기롭다

독백하듯 누군가가 그랬다
살아볼 만한 세상, 비상하라
그냥 걷다 보면 하늘의 맑음이

너의 길이고
나의 길이라고
이 하늘이 감싸준 꽃의 눈물처럼
향기롭게 살면 그냥 살아지는 것이라고
그랬다

문득 라디오를 듣다가

어쩌면 좋을지
외면할 수 없었다
굳게 닫힌 문을 밀었다
세상의 말소리가 들린다

햇살 반짝반짝 쏟아지는 소리
산책길에 키 작은 들꽃을 보면
어제 아픈 심장이 따뜻해진다

… "살아가면서 참 좋은 사람 많이 만났어요."
… "그래서 나도 누군가에게 좋은 사람이 되고 싶어요."
교통사고로 다리를 잃어버린 얼굴도 일그러진 그녀가
행복하다고 살아 있어서 정말 감사하다고 고백 했다

아마 그랬을까?
나도 그녀의 누군가가 되고 싶었을까?
곁에 있는 사람에게 더 좋은 사람으로 말이지
좋은 소리를 들려줘야 한다는 울림으로 말이지
네 심장을 풀기 위해 고군분투하면서 말이지

〈

세상과 세상을 만나 그 낯설음과 맞닥뜨려
옴짝하기 힘들었던 긴 시간을 견디고 나면
그때 비로소
빙그레 웃는 사람 괜찮은 사람으로 기억하겠지

가지치기

아침마다
웃자란 가지를 손질하는 여자는
햇살에 말라버린 가지를 솎아냅니다

날카로운 조각
정성으로 조심스럽게 다듬다듬
뾰족한 가위질의 정교함으로 둥글게 만들어갑니다

넙데데한 얼굴
몽글몽글한 몸매를 감싼 날선 시간
그런 날은 가지치기 딱 좋은 날입니다

자신만만한 감수성이라도
단단하게 뿌리 내리는 상처는 싹뚝 잘라
내 속에 숨어 있는 나를 찾아 햇빛에 잘잘 말리는 일입니다

마침내 새벽 웃자란 가지 끝은 잘라버리고
곱게 다듬어 바람에 흔들리는 측은은 잘 솎아
그냥 그대로 그 자리에 남겨두기로 합니다

혹시 모르잖아요…

부르고 싶은 이름

길가에 핀 들꽃 평화롭다
눈길 주지 않아도
제자리 지킬 줄 아는 단단함
새삼 평온함이 고마움이다

녹음 짙어가는 여름밤
우렁이 된장에 풋고추 설렁설렁 썰어
입안 가득 삼키지도 못한 흔적과 기억
평생 흙손으로 살아온 당신의 이름이다

철없던 시절 오늘이 없던 불빛으로만 향한
내일의 날개, 나의 파랑새
허리춤에 치마 걷어 올려 녹두 따던 어미의 이랑
어제의 안부가 없던 애달픈 가난한 이름이다

괜찮은 세상

그대는 창입니다
그 창을 바라보면
얼룩 같은 그리움이 아른거립니다
그림처럼 그 빛깔로 내가 있습니다

꽃처럼 다정한 눈빛도 보이고
미소 벙그르르 번지기도 하고
금방
싱그런 풀잎이 된 얼굴이 있습니다

막힌 벽으로 캄캄했던
어디로 향하여야 하나
또 다른 세상에
품 넓은 향기로운 창이 하나 있습니다

괜찮다고 다 괜찮다며
봄꽃처럼 정말 괜찮은 사람이라는
꽃이 말이 된 그대를 보면
온통 괜찮은 세상입니다

그때 나와 화해하는 법

욕심쟁이, 쌈닭, 투덜이, 맹꽁이, 외톨이, 못난이
자전거 타다 넘어져도 울지 않았던 유년의 별명
오재미놀이도 악착같이 살아남아야 후련했던
고무줄, 줄넘기, 봄나물 캐기, 피구, 공기놀이
다짜고짜 치열하게 몸부림쳤던 작은 몸짓들
누가 시킨 것도 아닌데 앞으로 달려만 가야 했던
누구와도 끝장보려했던 훈장처럼 남아 있는 손톱자국
그 움푹 패인 자리에 피식 웃으며 두껍게 분칠을 한다

땅끝에서 서울을 향하여 들판이 전부인 줄 알았던 촌닭이
서울에서 나를 감춘 나를 만나기 위해
다시 싸워야 했던 시간들
이제야 토닥이며 안아줄 수 있는 넉넉한 나이가 되었다
조금씩 다가온 너를 만나 이제 조금씩 나를 보게 되었다
그렇다고 완전한 싸움이 끝나버린 것은 절대 아니다

태어난 기질대로 살아 좀 더 따뜻한 세상
고마운 너와 좀 더 환하게 활짝 크게 웃으며
아직도 오고 있는 저기 저 너와 악수하기 위해
작은 마음에도 귀기울이며 일상을 살아내고 있다

가을처럼 평화로운 안부

가끔
그녀의 안부가 궁금할 때가 있다

지천에 깔린 흔하디 흔한
제비꽃, 민들레, 개망초, 애기똥풀, 금계국
햇살이 뿌려놓은 그녀를 빼닮은 꽃들이다

켜켜이 생명이 박힌 솔방울 하나가
세월을 이겨낸 허름한 의자에 앉았다
그 솔방울엔 그 소녀의 향기가 숨어
그 길을 지나가는
사람들의 발걸음을 멈추게 했다

막 솔방울 곁을 지나고 있을 때
"핸드폰에 결이 엄마 번호는 아직 안 지우고 있어요."
참 따뜻하고 꽃처럼 예쁜 그녀의 목소리가 들렸다
"그래요. 참 고맙구려 언제 식사라도……"
그 말을 다 이어가지 못했다
그 언제가 언제 올지 모르는 뻔한 인사라서

〈

얼마를 더 살아 내야

가을처럼 평화롭게 마주 앉아

안부가 궁금한 그녀와 밥이라도 먹을는지

코인

쿵덕쿵 주거니 받거니 시소 탔다
말쑥한 청년 덕분에 높이 올랐다
하늘이 맑다

누구보다 치열하게 살았노라
순간 청년이 시소에서 내렸다
동전을 넣으면 지폐가 나온다고 했다
생애 단번의 기회는 뺏기지 말라고 재촉했다
성급하게 눈과 귀를 막고 얼른 동전을 넣었다
착하게 살다 보니 이런 날도 오는구나 흥분과 환희의 찰나

올라가면 내려오고
내려오면 올라가고
오르락내리락 쿵덕 시소 타는 일은
세상에 절대 공짜가 없다는 일과
영혼을 말리는 고독일 뿐이라고

혼자라도 꽃길이다

춥다
속고 속이는 쟁탈전
염려는 없다 살아가는 동안
곧은 심지도 침몰할 때
여전히 시계추는 흔들린다

불협화음의 신음 소리
서로가 서로에게
상처에 상처를 입히고
결국엔 땅을 파헤치고 묻었다
자국이 선명한 흔적을 묻었다

다행이다
기억이 사라진 자리에
꽃이 피었다
세상 속에서 흔들리지 않고
꽃이 된 사람의 길
혼자라도 꽃길이다

그런 의자 하나 있으면 좋겠다

지난날
참으로 숨차게 앞자리에만 마음 두고 달렸다
먹이를 위해서라기보다 살기 위해서 달렸을
혼자 흘려야 했을 고독에 갇힌 절대적인 감옥
이제 감옥 말고 잔잔한 풀꽃처럼 바람결 만지며
꽃이 되는 의자가 하나 있으면 좋겠다

기다랗고 넓은 의자 말고
혼자라도 꽃가지 꺾어 얼기 설기라도 좋으니
작은 꽃방석 하나 깔아두면 족할
그런 의자 하나가 있었으면 좋겠다

찔릴지 모를 가시는 살짝 옆으로 눕히고
풍경처럼 맑은 마음 가져다 엷게 분칠하고
향기라고 덧칠하여 두어도 좋을 그런 의자
언제라도 가시 뺀 꽃의 말처럼 토닥여주는
그런 의자가 하나쯤 있었으면 좋겠다

아우성치며 경쟁하는 바퀴 달린 의자 말고

안락하고 즐거운 나의 집이 되어
꽃잎 동그랗게 말아 절망 대신 향기로운 시를 써도 좋을
달콤한 씨가 박힌 시처럼
그런 의자가 내게 하나쯤 있었으면 참 좋겠다

고독한 노천카페

내가 그녀를 기다리는 것은 동전 때문입니다
시도 때도 없이 동전을 꺼내는 그녀

나는 그녀의 무뎌진 감성을 끌어 올리느라
쨍그랑 동전을 받아 먹으며
수다쟁이처럼 검은 커피를 탑니다

변덕스러운 날씨에 따라서
나는 다 다른 맛을 냅니다

그녀가 아무도 모르는 신데렐라 시계를 볼 때
쌉싸름한 커피 맛은 내 심장박동도 슴슴해진다고
투정인 채 시시한 잡담도 고스란히 동전 옆에 모아 둡니다

그녀의 고독은
쨍강거리는 동전이 커피로 둔갑하는 시간입니다
평생 내가 할 수 있는 일이란
그녀가 오길 목이 빠져라 기다리는 일입니다

네모와 동그라미

네모난 사람은
네모난 징검다리 건너
세모난 세상에서 산다

세모난 사람은
세모난 징검다리 건너
네모난 세상에서 산다

세모와 네모
정답과 오답
만남과 이별
경계가 무너진 하늘 아래 빛나게 산다

헐렁한 징검다리 사이마다
이랑과 고랑처럼 거리와 시간을 두고
세모네모가 가지런히 퍼즐을 맞출 때
각이 눌린 바른 세모는 동그라미가 된다

풀잎이라서 좋다

나는 풀잎이라서 좋다
어둠을 깔고도 오묘한 색을 모으는 사람
바둥거리며 묵히거나 우쭐대지 않는 사람
소녀적 풋풋한 내음으로 수줍게 앉아 있어도
아무 단념도 무얼 탐하거나 자랑이 없는 사람
땅바닥 가장 낮은 자리 남루한 발자국에도
소리가 없어 뭉개지고 짓밟혀도 끄떡없는 아우성
고요한 숨결, 그래서 나는 풀잎을 좋아한다

가끔 꽃보다 풀잎이 아름다울 때가 있다
한껏 부풀렸다가 이내 사라지는 그냥 그 자리
달빛과 눈빛이 만나 고요하다
겹겹이 얼굴, 어둠을 몰아낸 안부를 물어다 준다

나는 풀잎이라서 좋다
마음 적시는 딱 그 만큼씩 비워 둔 시간
그때가 흥겹게 춤추는 광기 어린 반란의 시간이다
그윽한 솔바람 따라 이름없는 뼈 이름으로도
얼기설기 어울려 살아도 엉키지 않아 가지런하다

딱 거기까지 빛깔 좋은 무서움 속에서도
비비거나 무릎 꺾이거나 비겁하지 않아
흔들림 없는 눈동자
묵묵한 사람, 그래서 나는 풀잎을 사랑한다

봉평 하늘엔 소금꽃이 나린다

가을은
세상 풍경을 바라보는 일이다

유혹하는 사람들의 눈동자 앞을 지나
언덕을 오르며
잠시 움추리고 풍광을 살피는 눈을 피해
바람에 흩날리어 소금꽃눈이 나린다

메밀꽃 필 무렵 당신의 문학과 삶을 찾아
꽃봉오리 언덕에 오르니
바람이 분다
예고도 없이 하늘에선 소금꽃이 나린다

운명의 순간
낡은 시간은 멈추고
말이 없는 동상 그 옆자리에 의자 하나 꺼내어
하늘과 흰 눈이 나리는 시간 속에 걸터 앉았다

한걸음에

한 사람을 만나 인사를 나누고
한껏 살아가는 세상에
사진 한 컷으로 인연을 잇는다

봉평 메밀꽃의 정신세계를 읽고
대한민국 문학인 축제를 걸어 둔
봉평 체육관엔 시꽃으로 가득하다

4부

비단잉어의 반달입술

종이학

천 일의 날과 천 개의 날개는
사방이 훤히 뚫린 유리벽에 산다

숨죽여 빚어낸 하이얀 백지의 입술과
손끝으로 모아 접은 천 개의 선명한 숨
퍼드덕 심장의 날개를 힘차게 펼치는 일

닥나무 껍질 새벽 달빛의 기도는
혼자만의 주술로 견디어 온 믿음이다
산새울음도 향기로움도 담았을
창공의 날개 펼쳐 학이 되리라

쓸쓸함도 곱게 접어 사랑이 되는 일
사랑이 기다려내는 날개 학이 되는 일
날고 있다 학이 되리라

거울 속의 여자

여자는
손바닥만한 거울을 본다
까칠하게 까슬해진 얼굴
군데군데 각질을 걷어내고
색조로 그어진 가면도 벗는다

여자는
손바닥만한 나이가 되었다
어설픈 미소로 괜찮은 척
거울 속에 다른 여자가 있다
이쯤되니 그 여자를 쏙 빼닮아 가고 있다

얼마의 시간이 흘러야
그 여자의 냄새를 지울 수 있을까
아침마다 색을 입히고
저녁마다 색을 지우고
거울 속에 여자는
다시 돌아와 손바닥을 들여다 본다
〈

여자가
손바닥만한 거울 속에서
손바닥만한 여자를 본다

비단잉어의 반달입술

나는 지금
어항에서 튀어나와 변신 중이다
내 몸집의 크기를 다르게 키우는
안과 밖의 비밀 코이의 법칙이다

나는 누군인가
나는 분명 피라미가 아니다
별똥별에서 떨어진 작은 조각처럼
아무도 모르는 어항에 갇혀버렸다

내 젖은 입술은 넓은 강물을 헤엄치고
기질대로 자라고 싶은 비단잉어 코이이다

나는 기필코 강물까지 가야겠다
그래서 어항을 깨뜨려야만 했다

사람들은
비단잉어의 반달입술이
조각난 별빛을 품고 있었다는 사실을 까마득하게 몰랐다

마음 가꾸기

성급했다
꽁꽁 언 땅

향기 속에 갇힌 가시
그것은 단순한 꽃을 셈하는 것이 아니다
유통기간이 지난 깡통열기는 이제 그만

비로소
땅의 문이 열리고
꽃이 되려고

화창한 여름날

청춘
혼돈의 시간
소낙비가 내린다

청춘의 시간
대나무 다리처럼
휘어질 듯 더 깊은 촉수가 날름거리고
휘청거릴 쓸쓸함의 따가운 날들
백지만 남긴 채 모조리 휩쓸어 갔다

소나기처럼 금방 왔다 사라지는 쓸쓸함
허둥지둥 어설프고 막막하고 외롭고
한나절 퍼붓다가 사라지는
청춘은 화창한 여름날이다

아무런 꽃

시를 쓰는 날은
아무런 꽃이라도 무척이나 살갑더이다
그리 빼어나지도 화려해 보이지도 않지만
소박하고 단아해서 물끄러미 바라만 보아도 흐뭇해지는 꽃
한 송이만이라도 가슴에 품으면 금방 시가 될 것 같은 꽃
그런저런 생각들이 가슴 초입에 닿을 쯤
책장 틈 꽃병에서 아무런 꽃을 만났더이다
구브러진 향기도 서로에게 사랑이 된다는 확신
꽃의 자리에서 본성을 찾았다는 환희
아무런 꽃은 피어
향그러운 나비의 날개로 시를 쓰고 있더이다

얼룩지우기

사랑아,
도망가지마!
당신이 좋아서 투정 부리고
당신이 좋아서 잔소릴 하고
주전자 주둥아리처럼 조잘댄다

얇은 사각 면을 둥글게 오그리고
마디마디 찌그러진 파동의 흔적들
지구처럼 빤질한 몸뚱아리가 되어
달짝지근 찰랑거리는 막걸리를 담아야
주전자는 제 맛을 낸다

한 번 얼룩진 얼룩은 지워도 얼룩이다
한 번 엇갈린 인연은 이어도 얼룩이다
낮술 한 잔에 흘린 흔적을 지워본다
사랑아,
물러서지마!

씨

닮았다
잠시
묵혀 두었던
세월

형체가
넓고
깊음도 같다

새파랗게 돋아서
잉태하고 말았다
둥둥둥

고독한 바다

오늘도 뻔한 고백은
넘실거리는 파도처럼
끈질기게 따라붙었다

파도가 익숙한 바다는
출렁이는 속내까지
파도에 묻어야 했다

헐렁한 선 긋기
바람이 된 약속
파도에 밀린 선
쌓고 막아도
고독만이 질척이는 바다는
그래도 길이었다

나무들의 웃음소리

나무들이 줄줄이 웃는다
숲은 초록빛으로 웃는다

시샘하지 마
내어주고 밀어주고
아롱아롱 어울려 사는 소리꾼

나뭇잎 입술이 바람에 닿으면
너 혼자가 아닌
나 혼자가 아닌
깊게 높게 자라나는 속삭임
흔들리며 지켜내는 초록의 웃음들

피고지는 사람들아 활짝 웃어라
오밀조밀 방실방실 곱게 웃어라

숲이 한 줄 웃고
나무가 한 잎 웃어야
그래야 세상이 웃을 때다

매미의 하루가

햇살 튕겨 날리는 이 찬란한 계절
생의 한복판 키 큰 미루나무와
한낮 치열한 대결자의 결투

거친 목소리가 익숙하다
뜨거운 매미 웃음소리다
번잡하게 찌든 찌꺼기라도 화음이다
쨍그랑 쨍그랑 치열한 싸움터

나무껍질 등짝에 착 달라붙어
딱 붙은 갑옷을 입고 당당하다
살아 있는 **쨍쨍**한 여름날의 축제는
그렇게 지독하게 쯔르르 울부짖는다

먼 저 높은 곳
눈부시게 푸르른 짧은 생의 한복판에서
한·판·승·부
허물 벗기어진 갑옷만 내려두고
저 높이 날아간다

도깨비풀떼거지의 소동

바다가 보이는 돌길을 걷는다
슬금슬금 노을이 내려오고 있다
우리는 노을과 눈길 마주 앉았다

자잘한 돌멩이가 빤질거리며 웃는 건
자잘한 파도가 만들어낸 짠 눈물이다

각자의 방식대로 각자의 수다를 끝내고
일어서려는데 누군가 옷자락을 붙잡았다
으악 도깨비, 우글거리는 도깨비바늘이었다

깜짝 놀라 삼삼오오 일행들이 모여들었다
한바탕 도깨비풀떼거지를 떼기 시작했다
웃음떼거지와 도깨비풀떼거지가 엇갈린다

한 톨이라도 훌훌 떼어 홀가분해진 바닷가의 한나절
도깨비 소동은 영원히 멈춰 있을 즐거운 완도행이다
다행이다
전설로 믿었던 도깨비풀떼거지바늘의 오싹한 웃음은
더 이상 따라오지 않았다

언제 오시려나요

바람 따라 강물 따라
계절을 기다릴 줄 알게 되었습니다
그 누구라도 감당할 수 있어
미소로 바라볼 줄 알게 되었습니다

언제 오시려나요
문 열면 금방이라도 보일 듯
가볍게 동네 산책만 하더라도
눈물겹도록 행복에 겨운 기다림의 순간입니다

언제 오시려나요
하잘한 속마음만 털어놓아도
그것이 바로 세상의 비밀이 되고
발소리만 들어도 미리 가
마음의 문 활짝 열어둡니다

그대가 또록또록 기억하는 이름 하나가
바로 나였으면 합니다
언제 오시려나요
하염없이 그대 이름만 부르고 있습니다

너만을 위한 기도

바다는 파도를 품어
하늘은 구름을 품어

풀숲은 붉은머리오목눈이새를 품어
붉은머리오목눈이새는 풀씨를 품어

꽃은 향기를 품어
사람은 꽃을 품어

모두가
너를 위해 품을 내어 준다

이별이라 눈물이 나면

이별이라 눈물이 나면
사랑이라 둔갑하지 말아야지
사랑이라 눈물이 나면
이별이라 둔갑하지 말아야지
저 푸르른 잎들 좀 봐
저마다 사랑하는 순간부터 이별이라 생각하지

우리가 이별하는 것은 이별이 아니라
다시 태어나는 사랑의 시작이지
눈 뜨면 가장 먼저 생각이 나
눈 뜨면 가장 먼저 생각나는 사람
눈물은 스프링처럼 제한 거릴 둔 사랑의 이별이지

듣고 싶은 말과 듣기 싫은 말
하고 싶은 일과 하기 싫은 일
우리 둘 사이엔
사랑과 이별이지

짝

하루를 반으로
싹둑 잘랐다

남은 반쪽은
사각 색종이 위에
살포시 남겨 두었다

또 반쪽은
아무도 모르게
속주머니에 구겨 넣었다

만나고 헤어지는 것 짝이다
출렁이는 파도 밀리고 밀리어
다시 떠밀리어 오면 짝이다

온전한 하루는 그 모습 그대로
각이 선 그대로 만개한 꽃으로
손바닥과 손등이 딱 맞잡은
모두가 짝이다

5부

통째로 편집하는 날

한 송이 꽃이 되어

- 논개의 절개

사랑이어라!
꽃다운 나이 피지도 못한 절개이어라

한 송이 절절한 사랑애愛 나라꽃으로 지켜낸
한 생애 짓밟힌 뼈저리고 애틋한 사랑이어라

호시탐탐 노렸어도 왜구는 그 마음을 꺾지 못했다
논개의 절개 시퍼런 남강의 언덕에 올라 사랑인 양
이글거리는 속마음을 품고
왜군에 안겨 바위에서 떨어졌어라

무자비한 칼날 용서치 않으리라
절망도 슬픔도 꽃인줄 품었어라
오로지 그날을 기다린 남강이어라
절절한 사랑이어라

논개의 굳은 맹세는 쟁쟁한 노래가 되어
한 송이 빛나는 꽃으로 영원히 피었어라

성당의 햇살

서울시 마포구 서교동 성전에는
여전히 신령스런 청청한 하늘이 비추고 있다
혼배미사까지 10년을 바라며 묵묵히 지켜냈다

1993년 그러고도 1년, 10년, 30년 살아
다시 30년 더 살아야 할 고백 앞에
참 잘 지켜낸 성당 제단에서의 언약이
다시 처음처럼 순수한 순간과 마주하고 있다

살다 보니 벽처럼 굳어버린 막힘과 인내했고
울다가 웃다가 엇갈리며 버텨야 했던 터널도
허우적 아귀다툼에도 흔들림 없이 제자리에서
성당의 햇살은 탯줄처럼 그대로 지키고 있었다

그래서 그런가보다
부부라는 글자의 모양새가 똑같아서
나란히 같은 몸채로 닮은꼴이 되는가 보다
나란히 같은 다리로 똑바로 서서 바라보게 하는가 보다
나란히 같은 천정을 바라보는 숨

들숨과 날숨으로 길게 짜깁기하며
한세상 샘물처럼 삶의 희로애락 길어내는 일인가 보다
그래서
부부는

통째로 편집하고 싶다

그냥
가끔 내 삶을
통째로 편집하고 싶을 때가 있다

필요와 불필요 그 사이에서
타인의 감정이 슬쩍 눈 깜박이게 할 때

다른 얼굴이 또 다른 마음으로 밀려와
또 다른 나를 괴롭히는 날카로운 발톱으로 살갗을 찌를 때
그때가 통째로 편집하고 싶을 때다

무엇이라도 선택해야 하는 절박한 순간
달달한 미소 친절한 마음까지도 헷갈리는
오답 사이에서 멈칫하는 순간과 딱 마주할 때
그때가 통째로 편집하고 싶을 때다

막무가내 내 심장이 더 뛰는 곳으로 숨을 참고 달려갔다가
내 성급한 판단으로
오해의 불씨가 더 오래 달라붙어 있을 때

그럴 때도 나는 통째로 편집하고 싶을 때다

온 하루를 딱 한 번만이라도
아무도 모르게 통째로 편집하고 싶을 때가 있다
어설픈 내가 한 번은 온전한 나를 만나고 싶다
아주 작은 내가 어디까지 더 오래 갈 수 있는지
아주 천천히 더 가야 할 길이 지금 어디쯤인지 몰라서
나는 아직 통째로 편집은 못하고 있다

당신의 헛기침 소리

외면했다
바둥거렸다 풍뎅이처럼
그 자리만 빙빙 돌았다
세월 다 놓치고 뻥 뚫린 가슴엔
딱딱하게 굳어버린 딱정이로 말문을 닫아버렸다
그날도 이문 없는 셈을 했다

늙은 감나무 닮은 텅 빈 헛기침 소리
소꼴 베고 밭매고 허리 굽어
굽이굽이 흘러서 구름처럼 떠돌던 당신

오일장에서 신고 왔다던 백구두는 걸레로 쓱쓱 문질러 닦고
늙은 떠돌이가 된 허공에 꽁꽁 묶인 채
구두가 젖을까 어설프게 세워둔 징검다리도
차마 건너지 못했다
다시 허둥거리며 되돌아오길 수십 번 그만,
도랑물이 아닌 또랑물에 빠져버리고 말았다
그때 당신은
서러운 눈물이 범벅 되어 한참을 일어나지 못했다

〈

대문도 사라진 텅빈 고향집
당신이 그립다 찾아가면
문지방 너머 가물거리는
흐릿한 헛기침 소리만
아직도 쟁쟁하다

홀로이 서서
- 무궁화꽃

척박한 돌밭이라도 어떠할까
양지바른 꽃밭이면 좋으련만
길 숲 가장자리 빙빙 돌아
술래가 되어 홀로이 서 있다

무궁화꽃이 피었습니다
눈길 발길 받고 싶어서
붉게 물든 분홍빛이여!

끈질긴 민족의 혼 피로 뭉친 절개
얼기설기 삼천리 방방곡곡
겨레의 얼 뿌리로 피었어라

옛이야기처럼 네모난 수틀엔
가련한 계집아이 손길 닿아
촘촘한 자수로 핀 나라꽃이
울타리마다 영원한 축제로다

아버지의 완행열차

겨울바람도 거뜬하게 막아주던 아버지의 시간
들판엔 청보리가 익어가고 있었다

여린 속을 끊임없이 헹궈낸
땅을 파며 고단했던 아버지는 짓눌린 세월을 짊어지고
퉁퉁 부은 흙발로 도시의 화려한 불빛을 헤매고 있었다

서울을 그리던 아버지의 완행열차가 출발했다
가난과 맞싸우며 도시를 탐험했던 아버지는
끝내 그 완행열차에서 내리지 못했다

가난보다 더 어둡고 캄캄한 삼척* 잔디밭에
봄이면 허리 굽은 할미꽃이 서럽게 피어
죽어서도 언제 올지 모르는 완행열차는
여전히 더듬더듬 더듬거리며 낯선 땅에
아버지를 그리는 그리움으로 묻혔다

* 삼척 : 강원도 동해안 최남단의 도시(지명)

어머니의 봄

녹음이 짙은 어느 여름날
자유로를 달리던 열차가 서 있던 곳
봄, 여름, 가을, 겨울은 무던히도 길었습니다
개성공단 창 너머로
한들거리는 코스모스 오늘따라 곱게도 피었습니다

아,
우리의 심장을 뛰게 하는 가슴속 염원이 담겨있는
통일의 글씨가 선명한 저 장벽
허수아비가 되어 비바람에도 그 자리를 지키고 서 있습니다
구름도 흘러흘러 철조망을 넘나들건만
잡초만 우거진 철길 따라 겨레의 숨결이
여기 잠들어 있습니다
나의 어머니, 어머니, 통일이 오는 그날
나는 당신 품속에 꼭 안기고 싶습니다

애타게 기다려지는 남북의 피가 흐르는 어느 봄날
아침 햇살처럼 눈부시게 꽃을 틔우고 싶습니다
내 할아버지의 고향이며

내 어머니의 핏줄로 맺어진 우리는
언어도 형상도 닮아 있는 한 가족입니다
우리의 젊은 건각들은 통일된 내 조국을
제주도에서 저 신의주까지 단숨에 달려가고 싶답니다

두절되었던 삼천리 금수강산 철길 따라 통일로 가는 기차
구름도 바람도 거침없이 넘나들듯이
간절한 겨레의 소망을 가득 담아
통일의 꿈을 싣고 힘차게 달려가고 싶습니다

어머니, 통일이 오는 그날
나는 당신 품속에 꼭 안기고 싶습니다

그 나이 되어 보니 알겠다

저녁상 물리기도 전 밥상머리 앞에 꾸벅거리던 어머니가 그리워지는 나이가 되었습니다 그 모습 그토록 쭉정이 같아 우세스럽다 외면했던, 저녁상 앞에 꾸벅거리는 버릇은 언제 이식 시켜놓았을까? 나도 모르게 꾸벅거리다가 깜짝 놀라 그만 멈춰버렸습니다.

어느새 나도 히끄무레 실눈 뜨고도 못 찾는 바늘귀
"막내야!" 채 부르기도 전 두 귀를 막아버렸고 말도 안 되는 말 다 쏟아 퍼부으며 그 자리 영원할 줄 알고 그토록 되바라진 유세를 떨었는지 모릅니다 다 늦어 태어난 늦둥이 옆에 끼고 싶었던 애틋한 사랑인 줄 몰랐습니다 막내딸 애살스러움이 당신 살아가는 실오라기 힘인 줄 그 땐 몰랐습니다

이제야 세상이 보이고, 어머니가 그립고, 사람들 틈에서 모든 것이 다 귀하게 보이고서야 깨달았습니다 내 앞에 발만 보고 바둥거렸던 어리석고 어리석었던 매정함 왜 그랬을까? 다시 되돌릴 수 있을까요?
〈

어머니의 밤 이야기는 길었습니다

어디에도 당신 이름으로 된 꿰짝 하나 없었습니다

가지 많아 바람 잘 날 없었던 어둡고 캄캄했던 눈물의 세월, 부모 앞질러 부서지고 떨어져 나간 가지가 더 많아 굳어버린 어머니의 뜨겁던 심장 '내 죄야, 내 죄지' 라며 검은 핏물이 고여 가슴 후려치면서도 세상에 살아남은 자식들 거둬 키웠던 엄마도 분명 여자였습니다

변변한 옷 한 벌 못 해 드리고도 왜 그리 당당했을까요

나는 두툼한 옷 겹겹이 껴입고도 허기진 욕심에 또 다른 옷을 찾습니다 엄마는 왜 옷치장을 몰랐을까요 거울 속에 당신 쏙 빼다 닮은 한 여자가 여기 서 있습니다

달빛 아래 장독대 정화수 그 속 깊은 사랑을 몰랐던 죄

세상 먼저 떠나보낸 아들을 부르짖던 어미의 애달픈 마음 외면했던 죄 왜 그랬을까? 그때 내가 왜 그랬을까? 다시 되돌릴 수 있을까요?

겨울 지나 봄 앙상하고 홀쭉하게 졸아든 어머니의 빈

가슴 멀건 곰국 한 그릇에서도 기운이 펄펄 난다며 "막내
니 덕분에 참말로 호강 한다아" 세상 다 누린 듯 '저걸 포
기했더라면… 내 어쩔 뻔 했다냐' 혀를 끌끌 차면서도 맛
나게 밥 말아 드셨던 투박한 손 등 위에 갈라진 땟자국 이
제, 멀건 국 말고 진짜 진한 곰국 새우젓에 파 송송 썰어
끓였는데 엄마! 엄마는 도대체 어디, 어디에 계신가요?

　밤하늘 반짝이는 별빛을 바라보며 가물거리는 엄마의
별을 찾아봅니다 가슴으로 내려온 별 하나 토닥토닥 괜
찮다며 빛을 뿌려줍니다 내게도 그리운 어머니가 계셨다
는 걸 너무 늦게 깨달았습니다 내게도 그리운 엄마가 계
셨다는 걸 이제야 뼈저리게 알았습니다 어머니의 흙냄새
외면했던 죄, 뼈에 사무치도록 서럽습니다
　보고 싶은 나의 어머니!
　어머니
　어머니

달빛섬의 작은 별

껍질을 벗어버린다
수십 억 천 만년의 시간도 서서히 지워버린다
50억 년을 환원하고 블랙홀처럼 사라져 가는
100억 년의 빛나는 빛의 껍질을 벗어버릴 때

너와 나의 기적은 시작되었다
더 멀리
더 깊게
빛은 위성과 횡성을 돌며
뜨겁게 타오르는 달빛섬의 별, 별이다

오늘은 너였다가 나였다가
어제는 나였다가 너였다가
내일은
온전한 나이기를 꿈꾸는 반짝이는 작은 별
나는
달빛섬을 돈다

봉수당의 잔치

쓰러졌다
절규했던 역사의 뒤안길
아비는 칼을 뽑아
엄하게 가둔 핏물이
빗물로 흘러내리던 날

피로 울부짖던 아비의 흔적
정조의 애달픈 궁궐의 효심은
홍씨 어미를 향한 봉수당* 연꽃의 깊은 마음이어라

다시, 환희
뭉게뭉게 피어나는 주황빛, 보랏빛 바람과 돌계단
그 어미의 사랑
아비와 할비
아비와 아들
옛것과 새것 사이에서 아픈 역사의 피바람은 묻혔어라
아련하고 먹먹한 칼에 베인 어린 가슴에 피멍이 들어
효심으로 풀어 준 안타까운 어미의 성대한 회갑연 축제
후손들 기리기리 기억하리라

정조의 효심 깃든 달빛정담*

오늘도 꺼지지 않아 달 밝은 밤이 환하게 찬란하도다

* 달빛정담 : 수원 화성행궁 야간개장 (장소 – 화성행궁, 화령전)
   * 장남헌(壯南軒)을 봉수당(奉壽堂)으로 경복궁의 근정전에 해당하는 행궁의 중심 왕의 공간에 어머니의 무병장수를 비는 이름을 걸어 둘 만큼 정조의 마음이 깊었다. 화성행궁의 정전, 효심이 담긴 궁궐 새로운 세상의 성에 576칸의 행궁을 지었다.

어느 노인의 넋두리

눈망울이 유난히 맑은 처자가 있었단다
뽀얀 살갗에 해맑은 미소가 돋보이는
단숨에 마음까지 설레이게 했던 처자
고운 심성으로 태어나 찬란한 꿈을 그린
세상의 키는 작았지만 마음은 큰 장대였지

세월 지나 그 처자는 한 남자와 사랑에 빠졌고
간절히 바라던 이상과 현실은 너무나 먼 나라
내내 외로운 세상살이와 평생을 맞섰단다

그럼에도 불구하고 그 처자의 일생은
자식이 꽃길이라 굳게 믿고 꽃을 가꾸었단다
행복은 오로지 자식을 위한 투쟁으로 60년 세월을 살아
처자는 그만 그 무엇도 부질없다 내려두고 떠났단다

바람처럼 사라진 처자의 머리에는
흰 수건이 가려져 있었다
고왔던 얼굴엔 생의 주름과 하얀 미소
그토록 아파 찢어진 시퍼런 가슴 속엔

오로지 자식 향한 꽃송이만 피었더라

영혼, 육신을 단정하게 지켜왔던 처자의 일생
살점 떼어 눈물이 아닌 웃음이 아닌 핏물이
링거 바늘이 꽂힌 손등으로 흘러만 내렸다

욥의 애끓는 탄식 그 고백처럼
나는 그 처자를 위해 간절한 기도를 했지
주여, 이 여인을 부디 제자리로 돌리시어
본래 그 모습 그대로
꽃으로 다시 피게 하소서

오호라, 수원화성이여!

한양 도성의 실핏줄이 맞닿은 수원화성
정조의 어진 숨소리가 저 행궁 마당에
푸르른 노송처럼 우뚝 서 있다

팔달산 층층 계단마다 민초들의 흥겨운 말굽소리
해와 달이 깃들이고 있던 만석거는
우리 삶의 젖줄이 되어 은혜롭게 넘실거린다

오호라, 수원화성이여!
화랑도의 용맹스런 심장 박동 소리가 우렁차게 들려오고
화성궁의 나랏말씀이 씨가 되어 천년만년을 지켜가고 있다

혜경궁홍씨의 옥색 치맛자락이 켜켜이 쌓여 펄럭일 때
정조의 눈물은 호수가 되어 어머니의 옷고름을 적셔놓았구나
우리 삶의 터전 지동시장 저잣거리마다
펄떡이던 보리 숭어떼의 노랫소리가 아직도 들리는 듯하구나

광교산 기슭에 자리 잡은 인문학의 요람 상아탑아래에선
빛나는 수원이라

푸르른 수원을 열어갈 젊은 건각들이 소리친다

내가 살아가는 수원이여!
130만 아름다운 울타리 사대문의 의연한 성곽마다
후손들의 효심이 살아 움직이며
수레바퀴처럼 어깨를 서로 마주잡아
거룩한 역사의 흔적을 만들어가고 있다

천천히 흐르는 샘내마을

율전밤밭골 물은 천천히 흐른다
지금은 옛이야기가 된 우리 동네

꽃마다 오밀조밀 향기롭게 피고
닮은 꽃 햇살 아래 내사랑 수원
금쪽같은 내 새끼* 품어 키운 땅

낚시터가 있고, 밤밭이 있고, 물이 흐르는
지금은 청개구리 공원이라 이름표 달았다
연잎에 물방울 튀기는 청개구리가 폴짝
혼자 웃는 산책길 탄성으로 불쑥 놀란다

마을마다 꽃향기가 달라서 나는 시를 쓴다
흘러가는 천천 물길 따라 물오리가 둥둥둥
징검다리 왔다 갔다 서호천에 사는 잉어떼
야생화가 오밀조밀 꼭두서니 다시 피는 봄
포근한 사람들의 이름 하나씩 불러본다

별을 품고 나날이 자라나는 꿈

문화 대국으로 우뚝 설 수원을 꿈꾸며
든든한 내 아들이 지켜낼 웅비의 세상이로다
세대와 세대가 이어갈 궁전 기름진 땅이로다
천천샘내마을엔 다시 큰 하늘 새로운 별이 뜬다

* 금쪽같은 내 새끼 : '요즘 육아 금쪽같은 내 새끼' 방송 프로그
램(오은영 상담소)

사랑은
- 신혼부부에게 1

이른 아침 맑은 눈빛 바라보며
둘이는 새로운 길을 걸어갑니다
그 길은
아무도 탐내지 못할
신비롭고 뜨거운 내 심장의 길입니다

처음 그날처럼
모든 순간 그 작은 미소
견뎌야 하는 눈물까지도
둘이서 지켜내야 할 믿음의 길입니다

살다 보면 별별일 다 감내하며 살아야 할
그럴 때마다 누가 먼저랄 것도 없이
서로가 서로에게 한 그루 나무가 되어
이끌어 주고 밀어주는 그늘이 되어야겠지요

그래요, 사랑은 작은 허물도 가려주고
서로 다른 둘이 모여 하나가 되는 일 그래요
사랑이란 향그러운 말 한마디가 아름다운 열매가 되고

그 어떤 고난이 닥칠지라도
함께 견디며 채워가는 것이겠지요

축복받은 오늘 우리 두 사람은
그 어떤 경우라도 따지지 말고 덕 보려고도 말고
풀잎의 이슬 조심스레 헤치며 살아가는
마지막 그 순간 그날까지
두 손 꼭 잡고 함께 만들어가야겠지요
사랑합니다
사랑합니다

풀꽃처럼
- 신혼부부에게 2

처음엔
풀꽃처럼 아주 작았지
한 걸음씩 마주 걷다 보니
지금 당신 앞에 서 있습니다

풀꽃이 맺어준 고귀한 인연
가장 오래 향기로운 꽃처럼
당신이 깔아 놓은 융단에 서 있습니다

작은 약속도 소중히 지키며
눈물도 사랑할 줄 아는 당신
귓가에 맴도는 속 깊은 다짐은
청빛 물결의 속살거리는 믿음입니다

우리, 이런저런 사소한 일과 맞닥뜨려
휘청거리며 담을 쌓지 말기로 해요
다시 날숨으로 돌아보면 그리움이듯
흔들리지 말고 예쁘게 예쁜 길을 걸어가요

사랑은 이기기보다 살짝 비켜나 주는 것
사랑은 마르지 않는 옹달샘 되어 주는 것
사랑은 서로가 황금빛으로 물들어가는 것

고운 빛깔 내 사랑 당신께 다 내어주고
세상 가장 낮은 곳 아름다운 풀꽃이 되어
눈 뜨면
가장 먼저 빙긋 모닝커피를 마시며
당신 어깨를 맞잡고 이 모습 이대로
오래도록 당신 곁자리에 있으렵니다

천인국

뜰앞에서
사람을 보았습니다
사랑을 하였습니다
지상에 불타는 핏빛의 떨림

너와 내가
멀리 떨어져
갈라지고 어긋나버린
설상화 끝 미쳐버린 기억입니다

부끄러운 황색의 밤을 지새우고
여름 되어 피는 사랑
가을 되어 지는 사랑
갈홍색 가냘픈 장미의 뺨에
멈춤 없는 바람이 스칠 때
내 마음도
소곤소곤 봉오리째 속살거립니다

우연한 인연도

운명처럼 빠져든다는 나의 시
길가 꽃잎 돌돌 말린 협력의 말
돌아오는 길바닥에
나는 눈 맑히며 귀 밝히며 활짝 피어납니다

서정의 매혹 그리고 자기 생의 연금술

김병호(시인·협성대 문창과 교수)

시집 『비단잉어의 반달입술』에는 시적 사색이 가득하다. 이는 시인이, 자신이 포착한 일상의 시적 순간을 통해, 과감하게 자아의 순수한 내면으로 침잠하고, 그 속에서 자아의 내적 질서와 균형 감각을 찾고, 보편적 자아의 이상을 획득하려는 여정을 고스란히 보여주고 있기 때문이다. 독자는 시인의 여정에 동참함으로써 이전에 경험하지 못한 색다른 쾌감을 만끽하기도 한다.

시인이 보여주는 이러한 시적 자세는 국어나 문학 교과서에서 배웠던 구태의연한 자아 성찰에 그치지 않고, 자신이 놓여 있는 현실에 대한 구체적 인식을 기반으로 하고 있어 미학적 가치가 더욱 높다. 일반적으로 서정시라고 하면 현실에 대한 관조적 태도와 그에 따른 의식의 내면화

성향을 주조로 여긴다. 하지만 윤금아 시인은 인식의 주체로서, 자신이 처해 있는 삶 자체의 모습이 무엇인지 파악하고, 그 삶 속에서 자신이 소망하고 추구하는 것의 실체를 발굴해 내고야 만다. 현실에 대한 적극적 개입과 행동을 시로 형상화해내면서, 삶의 현실을 만들어가고, 자신의 소망이 유래하게 된 근거를 되돌아보는 지점에서 윤금아의 시가 태어난다고 할 수 있다.

그래서 눈 밝은 독자라면 시인이 『비단잉어의 반달입술』을 통해 자아의 존재성을 진지하게 성찰하는 동시에 자기 삶의 이해를 폭을 확장시키는 계기로 활용하고 있음을 단박에 알아차릴 수 있을 것이다.

윤금아 시인은 자기의 생활 안에 놓여 있는 사물과 풍경의 의미를 창조적으로 파악하고 해석해 내는 데 능숙하다. 게다가 시의 눈에 포착된 대상을 매개로 그것에 시인의 전존재를 투사시키는 시인의 본질적 자세도 잃지 않고 있다. 시적 대상이 시인에게, 시적 세계가 자아에게 발굴되는 과정의 서정적 매혹이 윤금아 시인의 시적 매력이며, 그 저변에 깔린 존재 회복의 열망은 시인의 삶을 새롭게 만들어내는 연금술의 순간이 된다. 서정시를 추구하는 시인들은 통상 삶에 대한 경이와 현실과 삶의 섭리를 시로 형상화한다. 윤금아 시인은 삶에 대한 고전적 예찬에서 벗어나 끊임없이 스스로 존재에 대한 질문을 던지며 존재 탐구의 가능성과 욕망을 환기시킨다.

지레짐작 속이자니 속아주는

엉터리 속셈을 하고 살았다

나만의 잣대로 눈금을 긋고

별스럽다며 때론 억지스럽게 반품도 했다

사람의 말은 동네방네 풍선처럼 부풀어

긴가민가 굴뚝의 연기가 타올라 매캐하다

헐렁한 심장에 못 박고

서로의 간間은 요란법석

뒤틀린 선善뒤에 갇혀서

때론 불확실한 심중을 갖다댔다

고장난 눈금

필요와 불필요

빗나간 속셈은 무심하게

헛다리 잣대도 무심하게

언제나

꽃은 아름답다

- 「속셈 연습」 전문

이 작품은 시인이 삶에 대한 자기 자세를 가다듬는 표지(標識)와 같은 의미를 지니고 있다. 속셈은 일반적으로 연필이나 계산기, 주판 등을 사용하지 않고 머릿속으로 하는 계산을 일컫거나 마음속으로 하는 어떤 궁리나 계산을 가리킨다. 둘 다 눈에 보이지 않는, 머릿속이거나 마음속의 행위인데, 이 작품에서는 일차적으로 마음속의 계산을 의미하겠지만 묘하게 암산과 같은 머릿속 계산과도 맞물려 있다.

작품 안에서의 화자는 고장 난 눈금으로 세상의 것들을 재는 요란 법석한 삶을 짐짓 무시하고 이를 사랑의 마음으로 포용하려고 한다. 우리의 실제 삶은 거창한 이념이나 문명의 힘으로 이루어지지 않는다. 세속적 욕망에 이끌려 하루하루를 살아가는 일상의 삶 속에 진실이 있고, 그 일상의 삶을 사랑으로 포용해야 하며, 더 나아가 일상의 삶이 사랑 그 자체라는 것을 역설한다. 화자는 때론 별스럽고 때론 억지스럽지만 자신만의 잣대로 '엉터리 속셈'을 하며 살았다고 고백한다. 주위 사람들의 이런저런 말들은 소문이 되어 '풍선처럼 부풀어' 올라 상처가 되기도 하지만, 화자는 결코 자신의 뜻을 누구에게 강요하거나 강제하지 않고 '무심하게' 흘려보낸다. 인생살이의 문제에 충실하게 대응하는 자신만의 방법을 체득하였기 때문이다.

그런데 이 작품에서 마음에 직접적인 파동을 일으켜 감흥을 일으키게 하는 부분은 마지막 연이다. "언제나 /꽃은 아름답다"는 선언은 우리 삶이 맞서는 전후의 사정을 머리로 생각하여 지성적 판단으로 유도하는 것이 아니라 순간의 강한 충격으로 정서적 폭발을 일으키고 있다. 인간의 진정성이 사라진 시대에 심장에 직접 충격을 가하는 이러한 인식과 선언은 우리 삶의 상처와 고통의 근원을 탐색하며 새로운 전망을 찾으려는 의지로 읽힌다. 세상의 시비(是非)를 이야기하다가 돌연 '꽃'으로 시선 전환은, 시인이 기존의 관념을 떨쳐내고 새로운 시선에 의해 우리 삶을 새롭게 인식하려는 의지이다. 시선의 전환과 시적 인식을 통해 도달한 깨달음의 경지는 단순한 달관의 수준이 아니라 시적 창조과정에서 얻어지는 새로운 인식과 방법으로, 시인이 지향하는 세계가 어디인가를 알려준다. 대상에 대한 집착을 걷어내고 관념적 탐구가 아닌 일상적 지각에서 실현되는 꽃의 발견은 우리가 일상적 삶과 언어의 굴레에서 벗어난 깨달음의 지점이라고 할 수 있다. 이때의 꽃은 '빗나간 속셈'이나 '헛다리 잣대'마저도 무력화시키는 우리 삶의 균형과 경지에 대한 비유이다.

> 지난날
> 참으로 숨차게 앞자리에만 마음을 두고 달렸다
> 먹이를 위해서라기보다 살기 위해서 달렸을
> 혼자 흘려야 했을 고독에 갇힌 절대적인 감옥
> 이제 감옥 말고 잔잔한 풀꽃처럼 바람결 만지며

꽃이 되는 의자가 하나 있으면 좋겠다

기다랗고 넓은 의자 말고
혼자라도 꽃가지 꺾어 얼기 설기라도 좋으니
작은 꽃방석 하나 깔아두면 족할
그런 의자 하나가 있었으면 좋겠다

찔릴지 모를 가시는 살짝 옆으로 눕히고
풍경처럼 맑은 마음 가져다 엷게 분칠하고
향기라고 덧칠하여 두어도 좋을 그런 의자
언제라도 가시 뺀 꽃의 말처럼 토닥여주는
그런 의자가 하나쯤 있었으면 좋겠다

아우성치며 경쟁하는 바퀴 달린 의자 말고
안락하고 즐거운 나의 집이 되어
꽃잎 동그랗게 말아 절망 대신 향기로운 시를 써도 좋을
달콤한 씨가 박힌 시처럼
그런 의자가 내게 하나쯤 있었으면 참 좋겠다

- 「그런 의자 하나 있으면 좋겠다」 전문

앞에서 우리 삶의 경지와 균형으로 비유되었던 '꽃'은

이 작품에서도 중요한 역할을 맡는다. 그리고 더 구체적 형상을 갖는다. '풀꽃'과 '꽃이 되는 의자' '꽃방석' '향기'를 통해 꽃은 시와 동등한 위치를 점하게 된다.

시인이 바라보는 이 세상은 '함께'가 아니라 '앞자리에만 마음을 두고' 달리는 세상이고, '고독에 갇힌 절대적인 감옥'이며, 서로 "아우성치며 경쟁하는" 세상이다. 그런데 시인은 이러한 세상에 맞설 수 있는 방식으로 '시'를 선택하였다. '꽃이 되는 의자' '가시뺀 꽃의 말처럼 토닥여주는' 의자, '안락하고 즐거운 나의 집이 되어'줄 의자를 원한다. 시인이 이러한 깨달음에 이르기까지 아주 많은 사색의 시간을 보냈을 것이다. 삶이 힘들어 숨가쁠 때, 혼자만의 고독에 갇혔을 때, 누군가의 말이나 행동에 예기치 않게 찔렸을 때, 그래서 절망의 한가운데에 빠져있을 때, 시인은 자신의 삶을 구제할 방법들을 찾아 사색을 거듭했을 것이다.

시인은 모순으로 가득 차 있는 것 같은 이 세계와 삶의 관념에서 벗어나, 깨달음의 눈으로 세상을 바라보고 자신이 의지할 수 있는 의자를 찾으려 애쓴다. 경쟁과 갈등, 번민으로 얼룩진 현실을 버텨낼 수 있는 의자. 시인에게 이 의자는 바로 '시'일 수밖에 없다. 현실의 부정적 상황은 '아우성치며 경쟁하는 바퀴 달린 의자'처럼 갈등과 상처로 점철되어 있다. 이는 불안한 현실에 대한 암시이기도 하다. 결국 시인은 좌절과 미완의 꿈에 대한 연민, 불안정한 현실에 대한 의혹, 연민과 불안을 넘어설 수 있는 자기만은 안식처를 욕망한다. 소외된 자로서의 자기 연민이 아니라 시인으로서의 반성적 자의식에서 기인한 것이다. 이 시대를 살아가는 시인으로서 자신에 대한 정직한 성찰을 통해 나라는 존재는 무엇이며, 이 세계 속에서 나는 어떻게 살아야 하는가, 라는 문제가 윤금아 시인의 시작(詩作) 중심을 이룬다고 할 수 있다. 시를 통해 존재의 가치를 실현하는 자의식이 행간을 풍성하게 해주고 있다.

꽃을 보다 문득 생각나는 사람

바람만 불어도 그리움이 되는 사람

고요하고 나긋나긋한 말투가 일상인

그런 사람이 되고 싶다

좁다란 길목 애처로운 들꽃처럼 낮추고도

바쁜 발걸음 멈추게 하는 수양버들의 마음까지

초록빛 잎처럼 자라는 나무가 되는 사람

그런 사람이 되고 싶다

쌉싸름 달콤한 칡뿌리 맛이었다가

힘들어 엎어지는 세상 속에서도 견딜 줄 아는

톡 쏘는 제 맛에 따습게 품 내어 주는 사람

그런 사람이 되고 싶다

보일 듯 말 듯 가지 끝에 애처로운 열매 아니 말고

손톱달 같은 측은한 연민 아니 말고

지식의 두께가 얇아진 위태로움 아니 말고

봄볕처럼 은은하게 반달미소 짓게 하는

그런 사람이 바로 너였으면 좋겠다

- 「그런 사람이 되고 싶다」 전문

시인 윤금아의 구도(求道)는 「그런 사람이 되고 싶다」
에서 더욱 적극적으로 표출된다. 인간이란 존재는 허공중
에 고립되어 있는 것이 아니라 자신을 둘러싼 세계와 일정
한 관계를 맺고 있다. 그런데 시인은 마치 미로를 헤매는
것과 같은 우리 삶의 허망한 양태를 잘 알고 있다. 모두가
'바쁜 발걸음'으로 살아가며 '힘들어 엎어지는' 게 다반사
인 세상에서 스스로의 연민과 위태로움을 감지한다.

시는 '꽃을 본다'는 행위에서 시작된다. 이는 일상의 현
장에서 한걸음 물러서 거리를 유지하고 자신이 살아온 삶
을 되돌아보는 계기로 이어진다. 시인이 보여주는 반성적
자기 인식은 나날의 삶에 안이하게 대처해가는 우리 자신
의 모습을 그대로 드러내고 새로운 출구를 만들어내는 기

능적 효과를 유도한다. 우리는 여기서 시인이 되고자 희망하는 이들의 형상에 주목해야 한다. 그리움이 되거나 고요하고 나긋나긋한 말투의 사람, 몸을 낮추고 걸음을 멈춰 '나무가 되는 사람' 따숩게 제 품을 내어줄 줄 아는 사람, '은은한 반달미소'를 짓게 할 수 있는 인물이다. 이 이상형들은 시인에게 중요한 의미의 층위를 이루게 한다. 즉 시인이 견지하고 싶은 인간의 존재론적 지향점이다. 인간의 욕망을 지워버린 달관과 무욕과 탈속의 한 경지를 드러내기 때문이다.

자연에 가까운 삶의 본성, 들꽃과 수양버들과 칡뿌리와 손톱달을 통해 시인이 추구하는 자기 존재를 선명하게 제시한다. 앞서 살펴본 「속셈 연습」처럼 가파른 시적 전환도 압권이다. 시인은 각 연에서 "그런 사람이 되고 싶다"고 반복하다가 마지막 연에 이르러 "그런 사람이 바로 너였으면 좋겠다"며 반전을 꾀한다. 자신이 되고 싶어 하는 전형(全形)을 '너'에게 전가해버린다. 독자의 순탄한 기대치를 어긋내며 새로운 긴장의 파장을 일으키는 이러한 고백은 오히려 독자를 내밀한 시의 세계로 이끌어 간다. 눈 밝은 독자라면, 시인이 애써 시를 우회적으로 이끌며 '그런 사람'에 대한 그리움으로 '너'를 소환하는 것이, '그런 사람'에 대한 향심을 북돋우어주려는 윤금아 시인의 고도의 전략임을 엿볼 수 있을 것이다. 바로 이 지점이 시적 매력이 발산되는 지점이기도 하다.

이제부터는 윤금아의 시가 삶에 대한 절대적 탐구의 자세를 유지하며 인간 존재의 본질을 탐색하고, 현실적 삶 속에서 자아의 위상에 천착하는 본원적 배경을 살펴볼 차례가 된 것 같다. 이에 대한 확실한 근거가 바로 아래의 「그때 나와 화해하는 법」이다.

욕심쟁이, 쌈닭, 투덜이, 맹꽁이, 외톨이, 못난이
자전거 타다 넘어져도 울지 않았던 유년의 별명
오재미놀이도 악착같이 살아남아야 후련했던
고무줄, 줄넘기, 봄나물 캐기, 피구, 공기놀이
다짜고짜 치열하게 몸부림쳤던 작은 몸짓들
누가 시킨 것도 아닌데 앞으로 달려만 가야 했던
누구와도 끝장보려했던 훈장처럼 남아 있는 손톱자국
그 움푹 패인 자리에 피식 웃으며 두껍게 분칠을 한다

땅끝에서 서울을 향하여 들판이 전부인 줄 알았던 촌닭이
서울에서 나를 감춘 나를 만나기 위해
다시 싸워야 했던 시간들
이제야 토닥이며 안아줄 수 있는 넉넉한 나이가 되었다
조금씩 다가온 너를 만나 이제 조금씩 나를 보게 됩니다
그렇다고 완전한 싸움이 끝나버린 것은 절대 아니다
〈

태어난 기질대로 살아 좀 더 따뜻한 세상

고마운 너와 좀 더 환하게 활짝 크게 웃으며

아직도 오고 있는 저기 저 너와 악수하기 위해

작은 마음에도 귀기울이며 일상을 살아내고 있다

-「그때 나와 화해하는 법」전문

이 시집 전체를 아우르는 시인의 의식은 언제나 그대를 향해있고 그대는 그저 간절한 마음의 지향을 넘어, 시인이 심혈을 기울여 추구하는 어떤 대상, 참된 삶의 국면임을 뜻하는 것임을 알게 된다. 윤금아 시인에게 '그대에게 가는 길'은 시를 찾아가는 길인 동시에 진정한 삶을 찾아가는 길이다. 아름다운 환멸과 허망한 욕망의 교차 속에서 비로소 삶의 비의를 찾듯 시인은 그렇게 스스로를 찾아 헤맨다.

땅끝에서 서울로 올라온 '나'는, 나를 감추기 위해 "다짜고짜 치열하게 몸부림"을 쳐야만 했던 시간을 보냈다. "누가 시킨 것도 아닌데 앞으로 달려만" 가려 했고, "누구와도 끝장"을 보려는 투쟁심에 사로잡혔고, 나중엔 본심을 감추며 억지로 웃기 위해 "두껍게 분칠"마저 했다. 그렇게 '나'를 감추며 살았다. 그러나 이제 시간이 흘러 애써 감췄던 '나'를 찾아 화해하고 싶어한다. 스스로를 부정해

152

야만 했던 시간과 '나'를 용서하고 "토닥이며 안아"주려고 한다.

하지만 시인은 또다시 독자를 배반한다. "완전한 싸움이 끝나버린 것은 절대 아니다"라고 선언하기 때문이다. 진정한 자아를 찾아 화해를 시도하지만, 그것은 '조금씩'이다. 세상의 불화에 맞서는 시인의 타고난 투쟁심은 완벽한 화해가 아니라 "좀 더 따뜻한 세상"을 위한 전략적 선택으로 향한다. 그래서 너는, 아니 '나'는 "아직도 오고 있는" 상태에 머물고 있다. 윤금아 시인은 현실에 대한 환멸에 이르지 않고 생 자체에 대한 철저한 부정도 드러내지 않는다. 바람직한 이상의 본질적 세계를 꿈꾸기는 하지만 몽롱한 환상의 세계를 동경하는 것도 아니다. 그는 언제나 자신이 처해있는 생의 조건, 현실의 환경 속에서 맑고 곧은 자리를 찾으려 하고, 그 행보가 시로 나타날 뿐이다. 지금 현재의 현실을 긍정하면서도 현실의 삶과 이상적 자아 사이에서 동요하는 모습, 인간의 세속사와 자연의 아름다움 사이에 서성이며 계속되고 있는 갈등이 시 창작으로 동력으로 작용하고 있음을 알 수 있다.

나는 지금
어항에서 튀어나와 변신 중이다
내 몸집의 크기를 다르게 키우는
안과 밖의 비밀은 코이의 법칙이다

〈

나는 누구인가

나는 분명 피라미가 아니다

별똥별에서 떨어진 작은 조각처럼

아무도 모르는 어항에 갇혀버렸다

내 젖은 입술은 넓은 강물을 헤엄치고

기질대로 자라고 싶은 비단잉어 코이이다

나는 기필코 강물까지 가야겠다

그래서 어항을 깨뜨려야만 했다

사람들은

비단잉어의 반달입술이

조각난 별빛을 품고 있었다는 사실을 까마득하게 몰랐다

- 「비단잉어의 반달입술」 전문

위의 시는 이 시집 표제작이다. 핵심어는 '코이의 법칙'
이 될 것이다. 흔히 연못에 넣어 키우는, 일본 원산의 비단
잉어가 '코이'인데, 이 코이를 어항에서 기르면 피라미가
되고, 강물에 놓아기르면 대어가 되는 것을 빗대어 '코이

의 법칙'이라 부른다. 즉 환경에 따라 성장하는 크기가 달라지듯이 사람도 환경에 비례해 능력이 달라진다는 의미이다.

이 시에는 시인이 지니고 있는 삶의 의지와 욕망이 상징적으로 드러나 있다. "넓은 강물을 헤엄치고" 타고난 "기질대로 자라고 싶은" 욕망을 감추거나 억제하지 않는다. 지금 여기의 삶에 안주하지 않는다. 그래서 "어항을 깨뜨려"서라도 "기필코 강물까지 가야겠다"고 고집한다.

윤금아 시인은 '반달입술'과 '조각난 별빛'의 결합이 새로운 감각의 세계를 생산하고 시인의 자기 유한성을 극복해낸다. 이는 삶의 굴레로부터 자유롭고, 이전 시의 관습으로부터 자유롭고자 하는 의지이다. "나는 누구인가" 라는 질문이 진정한 삶의 의미에 대한 고뇌와 그러한 삶을 영위할 수 있는 근원적 의미에 대한 사색이다. 우리는 시인이 행하는 존재에 대한 질문이 존재의 실체에 대한 회의와 절망에서 유래한 것인지, 아니면 경이와 동경으로부터 형성된 것인지 판단할 필요성을 느낀다. 진정한 삶을 추구한다는 것은 현실적 삶의 아픔을 느끼면서도 소망한 바를 그 현실 속에서 회복하고 싶은 욕망의 소산으로 볼 수 있다. 그 선명한 근거가 바로 "어항에서 튀어나와 변신 중"인 '코이의 법칙'이다. 이 시집을 읽는 독자들은 강물의 대어를 욕망하는 윤금아 시인을 응원하지 않을 수 없다. 현실의 고통을 치유하는, 상징적이며 초월적인 강으로 함께 가고 싶기 때문이다.

　시집 『비단잉어의 반달입술』에서 윤금아 시인은 현실적 존재에 대한 단순한 자의식에 함몰되지 않고, 그가 지닌 시적 사색의 고유한 능력치를 보여주고 있다. 현실적 삶과 일상의 생활 속에서 자기 존재에 대한 본질적 성찰은 그의 시가 시작되는 지점이 동시에 독자 공감의 궁극적 지점이 된다. 회의나 허무의 심연에 머뭇거리지 않고 오히려 일탈된 길찾기의 행로를 통해 자기 구원을 시도하는 용기는 윤금아 시인이 지닌 시적 가능성의 필요충분조건이다. 그는 가장 인간적이며 주체적인 가치를 의미화하는 데에 시의 노력을 전념하고 있기 때문이다. 자기 존재의 현실적 인식과 탐구가 시적 낭만을 이뤄내는 지점이 시집의 가치이며 시인 윤금아의 존재적 이유임을 우리는 오래 잊지 못할 것이다.